孟子寓言 韩非子寓言

中华典籍故事

喻守真 吕伯攸 —— 编

人民文学出版社

图书在版编目(CIP)数据

孟子寓言　韩非子寓言/喻守真,吕伯攸编.—北京:人民文学出版社,2018
(中华典籍故事)
ISBN 978-7-02-013574-5

Ⅰ.①孟… Ⅱ.①喻… ②吕… Ⅲ.①寓言-作品集-中国-古代 Ⅳ.①I276.4

中国版本图书馆CIP数据核字(2017)第307380号

责任编辑　甘　慧　尚　飞　吕昱雯
装帧设计　高静芳

出版发行　人民文学出版社
社　　址　北京市朝内大街166号
邮政编码　100705
网　　址　http://www.rw-cn.com

印　　刷　宁波市大港印务有限公司
经　　销　全国新华书店等

开　　本　890毫米×1240毫米　1/32
印　　张　3.5
插　　页　3
字　　数　47千字
版　　次　2018年3月北京第1版
印　　次　2018年3月第1次印刷

书　　号　978-7-02-013574-5
定　　价　20.00元

如有印装质量问题,请与本社图书销售中心调换。电话:010-65233595

孟子寓言

目录

序说

五十步笑百步	004
以羊易牛	007
与民同乐	010
老实的爸爸	014
托病不见	018
劳心和劳力	023
李子和鹅	028
正直的小门生	033
东郭乞食	036
狠心的父母和弟弟	041
放生的鱼	044
弈秋教棋	046
冯妇打虎	048

韩非子寓言

序说

郑武公的诡计	055
儿子和邻人	057
吃剩的桃子	059
和氏之璧	061
扁鹊的医术	064
一双象牙筷子所引起的忧虑	067
道德比璞玉宝贵	069
一片玉的楮叶	070
眼睛的比喻	072
务光的自杀	074
两条蛇	076
老马和蚂蚁	078
不死之药	080
远水不救近火	082
你们将要穷苦了	084
树杨拔杨	086
软耳朵的中山君	088

杨布打狗	090
三个虱子	092
自己咬死自己	094
假的谗鼎	095
海大鱼	097
梦见一座灶	099
太相信别人的结果	101
画什么最难	104
这孩子也许要死了	105
自相矛盾	107

孟子寓言

序　说

　　孟子名轲，字子舆，战国时候的邹人——今山东省邹县。他所学的是孔子的孙子子思的一派，所以他的学术是直接孔子的。不过那时各国的君主，都讲战争的事情。听到仁义道德的话，大家都觉得讨厌。因此孟子到处受人排挤，得不到权位，只能回来和弟子们讲学论政，就成为现在的《孟子》七篇，其中所讲的都是忠孝仁爱、信义和平的大道理。而且他的词令很好，能够用很有兴趣的故事，来解释他所讲的事理。所以本书选取的目标，也拣那最有趣味而含有大道理的，加以文艺的描写，使读者们认识孟子是怎样的一个人。

五十步笑百步

【故事】

战国时候,有一个梁惠王①。他很想使自己的国家强大起来,四处招聘有奇才异能的人,请教他富国强兵的政策。

这时候,在今山东邹县,有一位道高德重的老先生,姓孟名轲,字子舆,他抱着济世救民的大志,游说当时各国的诸侯,不过那时的诸侯都抱着战争侵略的野心,听到他老先生开口仁义、闭口道德、一番王道的大话,大家都觉得迂远难行,不敢随便用他,所以他老先生就到处不得志了。此番他听说梁惠王招聘贤才,心想:"倘使说得投机,或者能够用我,那我就可以施展平生的抱负了。"于是他就不远千里地去见梁惠王。

梁惠王听说孟老先生不远千里而来,非常欢喜,当下便很殷勤地招待他,时常很谦逊地向他请教。

一天，梁惠王问他："我对于国家，也总算尽心竭力了。有一年，河内②地方闹了饥荒，百姓们很多饿死。我就一面将壮丁迁移到河东③地方去做工；一面又将河东所剩余的粮食，来救济河内地方那些不能随着迁移的老弱妇孺们。过了几年，河东地方也闹饥荒了，我也照那一年的办法，救济了不少百姓。我觉得邻国的君主，对于治理国家，没有像我这样用心的。但是我却不懂，邻国的百姓并不因此减少，我的百姓也不因此加多，这究竟是什么缘故呢？"

孟老先生听了，觉得这实在是民生上的一个大问题，不过不从根本上着想，是无从解决的。他就想了一想笑道："大王对于军事是很有研究的，我现在先讲战事：当两军相遇的时候，咚咚的战鼓很急促地响着，两边的兵士就奋勇地向前冲锋，刀枪接触着，互相厮杀。这时打败的人，只得弃了盔甲，拖着兵器，落荒逃走。其中有的逃到一百步才停止，有的逃到五十步就停止了。那逃了五十步的就讥笑那逃到一百步的，说他胆小怯弱。大王，你看这事怎样？"

梁惠王笑道："这是不可以的，逃到五十步的人，不过不到一百步罢了。但是照旁人看来，一百步也是逃，五十步也是逃，同是一个逃，哪能讥笑别人呢？"

孟老先生就拍手笑道："对啊！大王倘然知道这个，那么方才你所怀疑的就不难解决了。因为邻国的君主虽然不爱惜他的百姓，大王对于百姓也不过施行些小小恩惠，两方面同是不能施行先王爱民的仁政，从根本问题上去着想，一样的像五十步笑百步罢了。"

【注释】

① 梁惠王：战国魏文侯孙，武侯子，名子䓨，在位三十六年。魏初都安邑，故城在今山西省夏县北。梁惠王时，才迁都大梁，在今河南开封，后人因有称魏为梁的。
② 河内：河指黄河。黄河以北地，每为古代帝王所都，因称河内。
③ 河东：黄河流经山西西境，所以山西省境内在黄河以东的地方，统称河东。

以羊易牛

【故事】

有一天,齐宣王①请教孟子,说:"老先生,像我这样,可以说到爱护百姓吗?"

孟子很直捷地答道:"可以。"

宣王听了很欢喜,又问:"老先生从什么地方,看到我能够爱护百姓呢?"

孟子见他肯虚心请教,就很诚恳地说道:"别的我不知道,不过我曾听到胡龁②说,那天大王坐在堂上,有人牵了一只牛从堂下走过。大王见了,就问:'这头牛是预备牵到哪里去的?'那人回答说:'因为新铸的大钟成功,要杀一头牛,取它的血,去涂抹大钟的空隙,举行所谓"衅钟"的仪式。'那时大王听了就说:'放了它吧!我实在不忍看它这种恐惧的样子。它又没有犯什么罪,要叫它去就死,我心实在不忍。'那人听了大王的话，竟弄得没有主意，就说：'那么难道便将这"衅钟"的仪式废除了吗？'那时大王便又说：'像这郑重的仪式，哪里可以随便废除呢？哦……还是换一头羊罢！'大王，这件事不知道可有吗？"

宣王仰着头微笑道："有的。"

孟子就说："大王既有这种恻隐之心，已经尽够王天下了，但是百姓们还在说大王小气呢。在我呢，原是知道大王完全是由于不忍之心所激发的。"

宣王不觉拍手道："对呀，确有一部分百姓是要这样说的！不过齐国虽然地方狭小，我又何至于爱惜一头牛。我那时就因不忍见它那恐惧的样子，况且它又没有犯什么罪，竟叫它去死，所以我叫他们换了一头羊。"

孟子不觉笑道："这样说来，真难怪百姓们要说大王是小气了！他们但知你用较小的羊来调换很大的牛，又哪会知道大王那时的用心？不过大王倘只知道牛死的冤枉，那么羊又犯什么罪呢，和牛又有什么分别呢？"

宣王也笑道："我并不是为了爱惜大的牛，所以换了一头较小的羊去代替呵。不过给你这样一说，却也难怪百姓们要说我小气了。"

孟子听他这样说，就替他譬解道："这是不要紧的，这原是大王仁爱的用心，因为大王那时只看到牛的恐惧，并没有看到羊的恐惧。用羊来换牛，一方面保全了那头牛，不致无罪而死；一方面又不致因此废去了'衅钟'的仪式，实在是一个两全无害的妙法。因为君子对于禽兽，往往看到它们活着的样子，就不忍看它们去就死；听到它们将死时的哀鸣，就不忍再吃它们的肉。从这样说来，所以君子日常坐起的地方，总要和厨房隔得很远，也就是这个缘故呵！"

【注释】

① 齐宣王：姓田，名辟疆。威王子，在位十九年。
② 胡龁（hé）：齐国的臣子。
③ 王（wàng）：以仁义之道治国家的意思。

与民同乐

【故事】

这时孟子在齐国作客,齐国的君臣们,对他还有相当的敬礼。

有一天,齐国有个大夫叫庄暴的,专诚来拜访孟子,他很怀疑地问孟子道:"那天我去见大王,大王对我说他来很喜欢音乐,我一时却没有回对他什么。请教先生,大王这样喜欢音乐,你以为怎么样?"

孟子听了,很兴奋地说道:"大王倘然很喜欢音乐,那齐国就好了!"

过了几天,孟子去见齐王,闲谈之间,问着齐王道:"我听说大王曾对庄暴说,近来很喜欢音乐,不知道可有这句话?"

齐王听了,不禁面红耳热,觉得自己于音乐实在没有什么研究,非常惭愧,就搭讪①着道:

"话曾那样说过。不过我还谈不到能喜欢古时圣王的音乐，只是喜欢现在通俗的音乐罢了！"

孟子是处处要人好的，他最不肯直捷说破人家的缺点。他明知齐王这时有些难为情，就很和婉地回答道："大王倘然很喜欢音乐，那齐国就好了！要知道现在的音乐，和古时候的音乐原没有两样呵！"

齐王听他这样一说，却弄得莫名其妙，就问道："你这话怎么讲，可以说给我听吗？"

孟子这时却偏要使乖弄巧，故意延宕②着问他道："大王以为独自玩弄音乐快乐，还是和人家一同玩弄音乐快乐？"齐王毫不迟疑地答道："那当然不及和人家一同玩弄的来得快乐。"孟子于是又发问道："那么和少数人玩弄音乐来得快乐，还是和多数人弄音乐来得快乐？""那当然不及和多数人来得快乐。"齐王又毫不迟疑地回答着说。

孟子点点头道："对呀！现在我便和大王论音乐。

"现在大王倘然在这里玩弄着音乐，百姓们听到大王钟鼓的声调，管籥（yuè）的音节。大家都觉得头痛，蹙着额角，互相告诉着说：'我们君王自己这样喜欢音乐，大寻开心，为什么要害得我们到这般穷困的地步呢？——父子们不能见面，兄弟妻子都离散了。'大王倘然在这里打猎，百姓们听到大王车马驰逐的声音，望着旗帜飘扬的影子。大家也都觉得头痛，蹙着额角，互相告诉着说：'我们君王自己这样喜欢打猎，却为什么要害得我们到这般穷困的地步呢？——父子们不能见面，兄弟妻子都离散了。'所以有这种种情形，不是别的，因为大王平日不能和百姓们同享快乐的缘故呵！

"现在大王倘然在这里玩弄着音乐，百姓们听到大王钟鼓的声调，管籥的音节，大家都欣欣然很欢喜地互相告诉着说：'我们君王或者没有什么疾病吧，——何以还能够玩弄音乐呢？'现在大王倘然在这里打猎，百姓们听到大王车马的声音，旗帜的美丽，大家也都欣欣然很欢喜地互相告诉着说：'我们君王或者没有什么疾病吧，——何以还能够打猎呢？'这也不是别的，因为大王能够和百姓们同享快乐的缘故呵！

"现在大王倘然能够和百姓们同享快乐,虽然现在的音乐和古时不同,也就可以王天下了。"

【注释】

① 搭讪(shàn):心里惭愧,说话支吾的样子。
② 宕(dàng):悬空的意思。

老实的爸爸

【故事】

宋国有一个非常老实的人,夫妻两口子,只生了一个很勤俭肯吃苦的儿子,每年种着几亩田,一家也很可度日。可是他对于田里的一切事情,完全交给他儿子去做,他不过高兴时候才肯去帮儿子的忙,有时他的儿子还常常埋怨他不会帮忙。

春天快完了,转眼已是初夏时候,他们正忙着养蚕摘茧,他的儿子已经耕好了田,将谷子播种下去,又值雨水调匀,所以不多几日,田里已经出满了嫩绿而微黄的苗了,温暖的南风,轻轻地吹着,好像一幅鹅黄的绫子在波动。他的儿子时常扛着锄头去看田水,留心着水太多了,或者太少了。

那老实的爸爸,有时也到自己的田里去巡视一趟。他第一次看到田里的苗绿得可爱,就想到他勤苦的儿子，回家来着实称赞了几句。第二次去看，他又沿着田塍①巡视了一回，田里的苗依然如此，觉得也没有什么可爱。第三次他又去看望，这次他竟发现一种奇异而可以怀疑的情形了，他见自己田里的苗，比较两旁别家田里的苗，要短着好几寸，心想同是一块田，又同是一种苗，为什么别家的这样长，自己的又那样短呢？他立在田塍上呆呆地对着田里发怔，幸亏有一只蜻蜓飞过，偶然碰着他的脸上，将他惊醒了。他就跑回家里，报告他儿子这件事。

他的儿子很诚恳地向他解释："那是因为播种有迟早的缘故，将来收成终是一样的。"他的妻子也向他说："那或者是缺少肥料的缘故吧。"可是老实的他，无论如何解释终是不信。

到了第二天，他特地起一个早，脸也不洗，饭也不吃，一口气跑到田里，看了自己的苗，仍旧和昨天一样的短。再看别家的苗，仿佛又长了些。这时他心里很有些嫉妒，恨不得将别家的苗一齐拔了。转念一想，那或者是他儿子贪懒，不来看顾的缘故。又想这些小草能有多少力量，能从很黏的泥里生长②起来,那非得有人帮助他们不可。于是他就蹲③身下去将近在脚边的一枝苗从泥里微微拔起一些,那枝苗并不倒下,依然直立着,看去就比旁边的苗长得多了,再和别家的苗一比,似乎也一样的长短了。这一来他快活得连连拍着一双满沾泥浆的手,嘴里喊道:"凡百事情总要有个帮助啊!"这时太阳已照满了田里,他也不顾肚饥,也不顾热,伏在田里,一枝枝地都照第一枝的长短拔起了些,拔了几行,已累得满头大汗,一颗颗地滴下田里,和苗叶上的露珠一同做了田里的肥料。有时他满身泥浆地立起来望着,并且欢呼:"呵,一样长了!"好容易拔完了一亩田,他觉得这种新的发明,非回家报告他们不可,于是他就很高兴地带着疲劳回家去。

一路上他逢人就嚷着:"呵,今天真疲倦,辛苦哩!我帮助我的苗长了不少哩!"人们看他泥人儿似的,并听他这样的说,又好笑,又疑惑。

他一路嚷着,回到家里,很疲倦地倒在地上,"啊,……我帮助我们的苗长了不少哩!"他的儿子见他这样,以为他是病了,不过听他说帮助苗长了不少,也一时疑惑起来,不知他爸爸怎样能够帮助苗来生长。他就急忙跑到田里,一看,啊呀!田里的苗都变色了,一枝枝都低着头——似乎羞见他勤苦的小主人——枯死了!

【注释】

① 塍(chéng):划分田亩的界路。

② 长(zhǎng):大的意思。

③ 蹲:立时两腿弯曲,好像坐的样子。

托病不见

【故事】

下面这件故事,请问读者们对于孟老先生怎样批评?

这几天,孟老先生觉得闲暇着不是事,预备去见齐宣王,和他谈谈仁义道德。风声传出去,给齐王知道了,齐王就不等他老先生去见,先差了一个人来说:"我本要亲自来见先生,只因近来伤风感冒,医生说不能经风,有好几天不临朝①了。明早预备临朝,不知道那时可以使我一见先生吗?"——意思是要叫孟老先生去见他。

你想他老先生怎样回对?不想他老先生这时居然也摆起架子来了。他回答来人说:"对不起得很!我不幸也有点病,不能来见。"

到了第二天,他老先生却预备到东郭氏②家里去吊丧。这件事,弄得跟他同来的学生们也疑惑起来了。其中有个叫公孙丑的，大胆地请教他老师道："昨天老师托辞有病，今天却出门到东郭氏去吊丧，这或者有些不应该吧！"

这时他老先生便板起面孔，回答说："昨天有病，今天好了，为什么不应该？"竟坐着车子走了。

他老先生走后，不料齐王又差人来问病，并且带了一个医生来。这时有个孟仲子是孟老先生的堂兄弟，接待来人和医生，很抱歉地说："昨天接着王命，我哥哥正患着病，不能来见齐王。今天病稍好些，刚才出门去上朝了。不知道这时候可到了没有？"孟仲子勉强扯了谎，打发了来人和医生。但是他哥哥实在没去上朝，将来对证起来，又怎样回答呢？他就派了好几个人在要路上等着，倘然见着孟老先生，叫他千万不要归家，就此直接去上朝。

派去的人虽然见着孟老先生，不想他老先生脾气忒煞古怪。他也不回家，也不去上朝，不得已到景丑氏③家里去投宿。饭后，两人谈起这件事，景丑氏就不客气对他老先生发话道："讲到对于内要算父子,对于外要算君臣,是人们伦常大理所在。父子之间,第一要有恩;君臣之间,第一要能敬。此番事情我只觉得君王敬你老先生,却未见你老先生怎样敬君王哩!"

孟老先生虽然到处受人责问,却能用大帽子的话,来回对别人。他听了景丑氏的话,似乎受着一肚皮的委屈,不禁长长地叹了一口气道:"唉,这是什么话呢!我觉得齐国人没有一个肯拿仁义去和君王讲的,他们并不是以为仁义是不好的东西,他们的心里似乎在说:'这种人是够不上和他讲仁义的!'这种存心,才可算是大不敬。我呢,不是尧舜④的大道理,是不敢在君王面前陈说的。所以我想齐国人没有一个能够像我这样尊敬君王哩!"

景丑氏经他这样一说,以为所答非所问,有意强辩,就有点气愤,说:"不!不是这样说的。照礼,父亲有呼唤,做儿子的便当应声就去;君王有命令,做臣子的也不当等到车子驾好了才去。你老先生昨天不是原要去上朝吗?后来听到君王的命令,反而中止着不去。这种行为,对于礼,似乎有些不合吧!"

景丑氏以为你会搬大道理,我也搬一个大道理来压你,看你又怎样说。他老先生一张嘴真会说,你听他越说越远,越说越大了,他说:

"我并不是说这些呢。从前曾子⑤曾经说过:'晋楚两国的富,原是不可及的。不过他们有的是财富,我有我的"仁";他们有的是爵位,我也有我的"义",我有什么不及他们呢?'这何尝是不义,但是曾子要这样说,这或者别有一种大道理在哩。要晓得,通天下可以尊敬的,只有三种人:一种是有爵位的人,一种是有年纪的人,一种是有道德的人。讲到在朝廷上,当然要重爵位,不过在乡党中就得重年纪——你就是做了大官,在乡党中见了有年纪的人,也应有相当的敬礼。——若是要讲辅佐国家长养百姓的事情,那就非靠有道德的人不行。哪能以仅仅具有一种资格的人,来傲慢那具有两种资格的人呢?"——你道他老先生所说的是什么意思?他的意思以为:齐王虽然是有爵位的人(一国之君),可是我却不是他的臣子,不能不敬我这有年纪有道德的人。

他又继续着说:"所以大有作为的君主,必定有不能听他随便呼唤的臣子。倘然有事情商量,必须亲身去就教。所以应得尊敬有道德的人,喜欢听有大道理的话。因为不是这样,就不值得同他做事哩!"

看了这故事,请你批评一下!

【注释】

① 临朝:临便是到,朝廷,就是一国的政府,是群臣朝见君主、办理政事的地方。临朝,是君主到朝廷上来会见群臣处理政务的意思。

② 东郭:齐国的大夫。

③ 景丑氏:也是齐国的大夫。

④ 尧舜:是古时的圣君,尧国号唐,舜国号虞。

⑤ 曾子:名参,是孔子的弟子,鲁国人。

劳心和劳力

【故事】

许行是一个专门研究农业的人,远近仰慕他的学问,跟他来求学的很多。这时他从楚国到滕国,亲自上门求见滕文公,说:"远方的人,听说君侯正在施行古时的井田①制度,所以特地赶来,希望拨一所房子给我居住,愿意此后就做了你的小百姓。"文公原知道许行颇有学问,就拨一所房子给他去居住。

和许行同来的,还有许行自己的几十个学生。他们都刻苦耐劳,都穿着毛布做的衣服,一边求学,一边种田,有闲暇的时候,还做些鞋子,或织些草席,拿去卖了。师生们这样地辛苦度日,倒也十分自在。

那时滕文公施行井田制度,远近传开去,都想到滕国来做百姓。有一个名叫陈相的,是楚国大儒陈良的学生,听说滕国行井田制,陈相也就同他的弟弟,掮着耒耜,从宋国赶到滕国来,去请求滕文公说:"听说君侯正在施行古时圣人的政治,这也可说是一个圣人了,所以我情愿来做你圣人统治下的一个小百姓。"滕文公也就拨给他田地房子。

陈相对于种田的事原是门外汉,有一天,他在田里遇见许行领着一班学生们在种田,他上去和许行谈论了一番之后,非常佩服许行的学问,于是便完全将从前所学的抛弃了,请求许行重新指教一切。

有一天,陈相去见孟老先生,那时孟老先生也因听到滕文公施行井田制度,特地来做实地考察。这天凑巧陈相来见他,对他称颂他老师许行的学问、行为怎样怎样的好,并且转述许行的话,说是:"滕君,实在是一个贤明的君主,但是他还没有听到古圣人治国的大道理!大凡贤明的君主,应和百姓们一同去耕种,然后才可以有饭吃,并且还应当亲自烧饭吃了再去治理民事。现在呢,滕国的仓廪府库满藏着米粟财物,那都是从百姓身上剥削了来奉养自己的，这哪能算得贤明呢？"

孟老先生本来对于许行的行为，不表赞同，现在又听到他这一番议论，觉得又好气又好笑，于是对陈相所说的，一点不加可否，只是冷笑着问陈相道：

"许先生必得自己种了粟，才烧饭吗？"

陈相笑道："是的。"

"许先生必得自己织了布，才做衣穿吗？"

"不，不过许先生所穿的是毛布做的衣服罢了。"

"许先生戴帽子吗？"

"戴的。"

"戴的什么帽？"

"戴那用生绢做的帽。"

"那也是许先生自己所织的吗？"

"不是的，是用粟去换来的。"

"许先生为什么不也由自己织呢？"

"因为要妨害耕种。"

"许先生用釜甑[②]来烧煮食物，用锄头耜耙等农具来耕种吗？"

"是的。"

"这些用具,也是许先生自己制造的吗?"

"不,不,也是用粟去换来的。"

两个人一问一答,完全不得要领,可是孟老先生的谈锋,却愈逼愈紧了。他又冷笑着对陈相道:

"这样说来,许先生用粟去交换日用的器具,算不得是妨害陶工和冶工。那么陶工冶工③用他制造的器具来换粟,难道对于农夫也有妨害吗?并且许先生为什么不去做陶工或冶工,他要用的器具就可在自己家中拿来使用,这又何等便利,又何必乱纷纷地和百工去交易呢?我真不知道,许先生究竟为什么这样地不怕麻烦。"

陈相经他老先生这样一说,心中也觉得他老师批评滕文公的话有些牵强,不能成立,只得勉强回答说:"百工的职业,原是不可以由耕种的人同时做的哩。"

孟老先生话箱益发开了,就趁势追问道:"这样说来,难道治理国事的人,独独可以同时去做耕种的事吗?陈先生!你要知道世界上有君子做的事,也有小人做的事。并且单独一个人,无论怎样是不能尽做百工所能做的。倘然必要自己做了才拿来用，这是叫天下无论什么人忙得只好跑路没有休息了。所以从前古人说得好：'有的劳心，有的劳力，劳心的治理众人，劳力的就须受人治理。受人治理的，应将他劳力所得的一部分做租税，以供养那些为大家服务的人。所以治理众人的人，是须受众人供养的。'这是普天下都承认的道理呀。倘依许先生的话，定要自己耕种，自己纺织，自己烧煮，才有得吃，才有得穿，才可算贤明，试问一个人哪有这许多本领，这许多工夫，哪能又治理一个国家呢？"

【注释】

① 井田：周朝时候，公家将一块整方的田，划作九区，每区一百亩。中央一区，是归公家的，叫作公田；四周围的田，分给百姓，由八家去耕种，叫作私田。中央的公田，也归八家共同耕种，作为租税。因为他的划区，正像一个"井"字，所以叫井田。
② 釜甑：釜（fǔ）是铁制的镬。甑（zèng）是瓦制的罐。
③ 陶工是烧窑的人，冶工就是锻炼钢铁制造铁器的人。

李子和鹅

【故事】

　　齐国有个姓陈名叫仲子的,生就一种古怪脾气,无论别人送给他怎样好吃好用的东西,他总是不肯收受的。就是穷得没饭吃的时候,左右邻舍看他可怜,送些食物给他,他也宁可挨着饿,拒绝不受。好在他的妻子也很贤德,并不怨恨。两口儿住在于陵①的一间破屋里,他自己能做草鞋,妻子也绩些苎麻,卖给人家,换些米来度日。他俩这样地早夜工作,无求于人,人家对他俩廉洁的品行,也有相当的敬礼。

　　有一天,可怜的夫妻俩因为卖不出去所做的鞋子和苎麻,换不到米,夫妻俩只可绝食了。邻舍们都深知他俩的脾气,虽然看着可怜,想送给他俩东西吃,恐怕他俩拒绝,只好叹口气走开了。这样地饿了三天,夫妻俩都倒卧在地下了,那时仲子饿得两只耳朵里嗡嗡地响着,听不出什么声音;两只眼睛白茫茫的看不见什么东西。他的妻子比较好些,但是也饿得动弹不得,勉强起来喝口水,一边嘴里哼着,一边肚里饥肠也在作着怪响。

后来仲子忽然记起门外井边自己种的李树,或者还有几颗采剩的李子,何妨去采来救饥。他就挣扎着爬起来,身子兀是摇摇地倒了下去。他不得已只得伏着身子,慢慢地爬着出门,好容易爬到井边李树下,用袖口揩拭两眼,昂着头定着睛地寻找李子。找了好久,居然给他找着了一颗半红半青的李子,他就扶着树身勉强立起身来,伸手去摘,不想这颗李子已给蛴螬②蚀去一小半了。他也不管虫不虫,烂不烂,到口就嚼,一连咽了三咽。说也奇怪,半颗烂李子到肚,他居然耳朵也能听到饿老鹰在天空怪叫的声音了,眼睛也能很清楚地寻出躲在叶丛里的青李子了。

说也不相信,陈仲子虽然穷得那样,他还是一个世家子弟呢!原来他的哥哥叫戴的,却在齐国做着大官,坐享着很多的俸禄,住着很大的房子,他的母亲也一块儿跟着享福。从前他的哥哥也叫他去一同住着,以为弟兄俩也有照应,何必吃苦挨饿。可是他生就的古怪脾气,以为哥哥这样多的俸禄是不应该得的,这样大的房子也是不应该住的。他不愿吃那不应该得的俸禄,也不愿住那不应该住的房子,情愿离开母亲哥嫂,住间破屋,做工度日。

有一天,他记挂母亲,就去探望他们。一进门,先问母亲好,哥嫂们见他来了,都很欢喜,因为这位古怪的弟弟是很难得来的,大家坐着谈谈别来的事情。不多时,有人来送他哥哥一只活的鹅,鲵鲵[3]地叫着。他老人家一看,心里就不自在起来,以为这又是不应该收受的东西。他就皱着眉头,发话道:"要这个鲵鲵的东西做什么用呢?"他的哥哥正待解释,不想他已立起身来径自跑了,就是他母亲从后叫着,他也不回头。

过了几天,他做鞋换了钱,买些时鲜的东西,去孝敬他的母亲,母亲一见他来,也不提起那天的事情,却很坚决地留他吃了饭去。他是素来孝顺母亲的,当下也勉强答应着。他的母亲想着他在外非常刻苦，没有好的住，又没有好的吃。就将那天人家送来的鹅杀了，烧得很熟，请他去吃，——也不说出是什么肉。

可笑他老人家，近年来从没有尝着这样美味的东西，低着头只管吃，更加旁边母亲又再三劝他多吃些，他就一边吃，一边笑着对母亲讲那时候爬着出去吃烂李子的故事。正讲得有趣的当儿，他的哥哥从外面回来，看见他弟弟对母亲说笑，桌上摆着一大碗鹅肉，心里早知情由，也就坐下来陪他吃鹅。他老人家吃得饱饱的，对母亲谢道："多谢母亲替我弄这样的美味……"他的哥哥忽然想起前几天的事，就接着笑道："弟弟，吃得好吗？这就是那天鲵鲵的肉呢！"

可怜他老人家不听还可，一听这就是鲵鲵的肉，就想到那天自己所说的话，明知哥哥在嘲笑他，他这时真何等难过呵。他就立起身来，跑出门外，用手指向喉头一探，哇的一声，将适才所吃的鹅肉一齐都吐了出来，含糊地说道："我不能吃不应该吃的东西！"

【注释】

① 于陵：齐国地名，在今山东长山镇西。

② 螬（cáo）虫：螬虫是金龟子的幼虫。

③ 鶃（yì）：鹅叫的声音。

正直的小门生

【故事】

子濯孺子是郑国善于射箭的人,他的箭法很精奇,能够在一百步外射穿杨树的叶子,所以跟他学射的人很多。这时他奉命去侵略卫国,可是兵败了,只得逃走。

卫国深知子濯孺子是善射的,轻易的人是不能去追的。于是就用国内第一个善射的人,名叫庾公之斯的去追他。

子濯孺子一边逃,一边对他驾车的人说:"今天真不幸,凑巧我老病复发,两手没有劲儿,不能开弓,唉,我此番一定是没命了!"跑了一阵,又问驾车的人说:"喂,你知道来追我们的是谁?"

驾车的答道:"是庾公之斯呢!"

子濯孺子不觉欢呼道:"好了,我可以活命了!"

驾车的听了他这一句话，却有些疑惑了，就问道："我听说庾公之斯是卫国善射的人，偏是你今天又不能开弓，你现在却说可以活命，不知从哪里说起？"

子濯孺子笑道："哈哈，难怪你不明白。你知道庾公之斯是从尹公之他学射的，那尹公之他又是从我学射的。我深知尹公之他是一个很正直的人，正直的人所要好的，也必定是正直的人，这样说来，正直的人，当然不会射死他的太老师呵。"

话刚说完，庾公之斯的车子已经赶到，一见子濯孺子空着手坐在车上，就问道："太老师今天为什么不拿弓？"

子濯孺子答道："不幸得很，我今天老病发了，两手无力，不能开弓！"

庾公之斯究竟是正直的人，果然不出子濯孺子所料，他说："小门生是从尹公之他老师学射的，尹公之他老师又是从太老师学射。我不忍用太老师间接教我的本领，反来杀害太老师。……但是，私情是私情，公事是公事，今天的事，却是公事，我不敢就此罢了！"于是他就抽出四支箭来，在车轮上敲去了箭头，只剩了箭干，一连射了四箭，拱拱手拨转车轮回去了。

这时驾车的看得呆了，见庾公之斯的车子去远，然后笑对子濯孺子道："今天倘然碰着一个不讲理的，或者不是你的小门生，看你怎样对付！"

东郭乞食

【故事】

　　有一个齐国人,生性懒惰,不务正业,住着几间破旧房子,将祖上留给他的小小产业,变卖了度日。家里却有两个很贤惠的妻子,一大一小,又非常和睦,守着这贫贱的丈夫,从没有半句埋怨的话。他自己呢,终日在外游荡,从早出门,难得在家里吃饭的。有时吃得醉醺醺的回家,大模大样,由他两位夫人殷勤侍候。他的大夫人问他在什么地方吃得这样又醉又饱,他就很兴奋地道:"你休要小觑①我哩!我人虽褴褛②,交游却很广,城里的王孙公子、官宦乡绅,哪个和我没有来往?今天这家请我吃酒,明天那家请我吃肉。他们如有大宴会,我若不去,他们就非常寂寞。这几天,差不多各家都排定了日期,请我去吃喝,所以我正忙不过来哩!"他说了一大套,就呼呼地睡着了。

他的大夫人给他说得半信半疑，就去和小夫人说："妹妹，我们丈夫这几日来天天一早出门，回家来，总听他说酒呀肉呀吃得又醉又饱。我问他同着吃喝的是些什么人，他总说是城里的官宦乡绅。我想我们丈夫是一个穷人，为什么那些富贵人家却和他这样要好，天天有酒有肉请他吃喝？又想既然和他要好，为什么他们却不见一个到我家来呢？我实在十分疑惑。明天一早，等他出门，我预备暗中跟着他，看他究竟到什么地方去，妹妹你看好吗？"

小夫人往常也很怀疑她丈夫的行为，但是怕去问他，现在听她姐姐这样推想，就说："这个法子倒好的，可以看出他每天到底到什么地方去。"

第二天清晨，大夫人悄悄起来梳洗，预备停当。不多一会，见她丈夫一骨碌起床，擦着睡眼，看看天色，披了衣服，脸也不洗，一径奔出门，回头向他妻子道："今天我又不能早归哩。"大夫人看他走后，就跟了出去，只见她丈夫急急忙忙向东而去。可怜她躲躲闪闪的恐怕给他看见，远远地跟了好多路。她一面紧紧跟着，一面又想着街路上人来人往，照她丈夫平日所说的交游那样广阔，为什么今天却没有一个人和他招呼，或立着攀谈呢？又想一路跟来，也走过好几个大门第，也不见有人来让他进去。她还疑心他狗仗人势，看不起人家。又见她丈夫头也不回，脚也不停，一径跑出东门。可怜她跟得气喘汗流，兀自不舍，也出了东门。

这时正是二三月天气，黄金色的太阳，照着烟雾迷蒙的杨柳，沿路一阵阵青草的香气，使人陶醉。她这时忽然想到这是清明时节了，或者乡绅们邀她丈夫到城外来踏青饮酒，所以他急忙忙赶来，恐劳他们久等。再看她丈夫向前面一带黑松林跑去，她只得紧跟几步，远望松林里面高高低低的都是些坟墓。又见他停住了脚，伸着脖子，东张张，西望望，好像在寻什么似的，她就隐在树背后，遮遮掩掩地偷望着，看他有什么举动。

不多时，有人挑着盒子，向松林里去祭扫。只见她丈夫口角流涎，欢喜得发疯似的，遂见他折了几枝杨柳，编成一个箍③儿，向头上一套，又拾起一些石灰，向脸上鼻子上一涂，拍着手，唱着山歌时曲，慢慢地挨到坟边。看着人家拜祭完了，只见他向地上一滚，对着坟叩了几个响头，随又拱拱手叫着："大叔大爷照顾我，赏杯酒，……"那些上坟的人，看不上他这怪模样，就呵喝着随便给他些东西，他就手抓口掩地吃了。这时上坟的人接二连三地来了，他就一处处照样求讨过去，讨来就吃，吃了再讨。有时喝点浑浊的黄酒，有时啃些吃剩的骨头，这样有酒有肉，自然又醉又饱了。

可怜他的妻子，这时在树背后也偷看个饱，气得她手脚都发冷，轻轻地骂声："下贱种！这样地没出息，还来说大话谎人呢！"她越看越气，越想越恨，恨不得一时死了，但是还防给他看见了，下不来场，只得含悲忍泪地回家。

大夫人一进家门，小夫人接着正待问知底细，不想她姐姐未曾开言，就放声大哭起来。她一面哭，一面将今天所看见的，一五一十对他小夫人呜呜咽咽地说了，说了又哭，哭了又说："天呀！照今天这样，嫁了这样的丈夫，我们的终身还有希望吗?"小夫人听了也觉心酸,当下也大哭起来。

他老人家这时肚子已塞得饱饱的了,一路唱着回家,大模大样地踱进家门。一见他两位夫人抱头对哭,他还不知纸糊老虎已经戳④穿了,手叉着腰嚷道:"是谁欺负了你们?告诉我,我只要和地方官去一说,就要他的狗命!"

【注释】

① 小觑(qù):就是轻视。

② 褴褛(lán lǚ):褴褛是破的衣服。

③ 箍(gū):用东西编成的圆圈。

④ 戳(chuō):用尖锐的东西刺物叫戳。

狠心的父母和弟弟

【故事】

虞舜①是一个很孝顺父母的人，但是他的爸爸瞽瞍②却听他后妻的谗言，待舜非常残暴。又加后妻又生了一个儿子名叫象，非常宠爱。他们时常想将舜害死，好称心快意。

有一天，他们想就毒计，叫舜去修理仓廪，那廪是竹片编成的，又高又大。他的弟弟象很殷勤地替他搬过梯子，看着舜已爬到廪上了，他就将梯子移去。他的爸爸竟狠心从下面放一把火，一霎时烈焰腾空，将全个廪烧了起来。他们想此番舜总得烧死了。想不到那时舜见下面起火，预备想从梯子下来，低头一看，梯子不知去向，只见他弟弟在下面拍手大笑。再四处一望，看见廪上有几顶箬笠，这时人急智生，他就拿两顶挟在腋下，奋力往下一跳，只觉轻飘飘地落在地上，一点儿没受伤。③他的父母和弟弟还假意向他说："不知怎么失火,幸喜没有受伤。"孝顺的舜只是笑着不说什么。

过了几天,他们又想出一个毒计,叫舜一个人去挖掘一口井,舜当时不敢推诿,只得努力工作。等到井将挖掘完成的一天,他们看着舜下去,三个人就将挖出的泥土和石头向井里推下去,一霎时井已塞满了。那瞽瞍眼看他亲生的儿子,死于非命,未免有些伤心。只有他的后妻和小儿子却都欢天喜地地笑骂着道："这番把你活葬了,看你怎样出来!"

尤其是狠心的象,很高兴地对他爸爸妈妈嚷道："此番算计他,都是我的功劳哩!他所有的牛羊都归爸爸妈妈,他所有的仓廪,也归爸爸妈妈去享用。他所用的干戈归我;他常常弹的五弦琴,也归我;他常用的一张镶玉的弓,也归我;还有两位美丽的嫂嫂,叫她们替我铺床叠被来服侍我。"说了就像发疯似的跳着到舜的房间里去。

他跑到房门口,忽然听得悠扬的琴声。他还以为嫂嫂们在弹奏,等到推门进去一看,料不到却是他的哥哥正端坐在床上弹着琴,只见他哥哥问道:"弟弟,你来做什么?爸爸妈妈叫我吗?"这时的象,可怜竟惊恐得面红耳热,背脊上冷汗直流,两只手没处安放,支吾着说道:"气……气闷……得很,想着哥……哥,所以……来看望……"

你们想想看,舜是怎样出来?原来他在掘井时候,早就料到他的爸爸妈妈和弟弟,一定还要来谋害他,所以他时时刻刻留心防备,看看掘到有几丈深了,他就预先在旁边另掘一条出路,通到外面,在他们填井的时候,他就从旁边小路逃出,回到自己家里,所以他们终于枉费心机了。

【注释】

① 虞舜:姓姚名重华,封于虞。那时唐尧见他很有德望,将自己的两个女儿(娥皇女英)嫁给他。
② 瞽(gǔ)就是眼瞎。瞍(sǒu)也是瞎。瞽瞍是有目不能分好恶的意思,是舜父的外号。
③ 因为两腋有箬笠挟着,可以借着空气的压力,使身体不致很猛地坠下而受伤。

孟子寓言

放生的鱼

【故事】

有个人送了一条活泼泼的金色鲤鱼给郑国的子产①，子产看这鱼很肥很美，就叫管池沼的人来，吩咐他好好地拿去养在池里。

这管池沼的人，很是狡猾，并且很贪嘴，又素知子产是很容易欺骗的。他见了这样肥美的鱼，心想不吃也是可惜，就将它杀了，烧得很熟，吃了个饱。

第二天，子产看见这管池的人，想起了昨天的事，当即问他那条放生的鱼怎样了。他就装作很正经的神气回答道："起初我将这鱼放在水里的时候，只见它好像很困倦似的，横卧着无力地扇动它的鳍和尾。过了一会，见它翻了一个身，能够勉强地游泳了。这时它金色的鳞片，映在碧澄澄的水里，真是美丽。那时我再想捉它起来。不料一触它的身,它竟倏地一跳,摇摆着尾巴,自由自在地去了。"

子产听他说完,就笑道:"得其所哉!得其所哉!"——意思是说这条鱼有了好的地方去了。

管池的人出来,笑着对旁人悄悄说道:"谁说子产非常聪明呢?我将那鱼烧来吃了,他还说'得其所哉'呢。"

【注释】

① 子产,姓公孙,名侨,春秋郑大夫。

弈秋教棋

【故事】

有一个名字叫秋的,围棋下得很精,所以人家都叫他弈秋先生。喜欢下棋的,不论远近都来请教他。

这时他正教着两个人下围棋,两人对面坐了,弈秋先生坐在旁边,很尽心地教他们怎样落子,怎样布局,怎样围杀,怎样解救,如何出奇制胜,如何反守为攻。他一面讲,一面指点,两个人手抓着棋子,眼都看着棋盘。但是一个呢,却很专心致志地听着先生讲授,照着先生所说的下着子,有不明白的地方,就提出来请问。还有一个呢,虽然听着先生讲,不过他的心却不专在下棋,却想:"倘然这时有一群鸿雁飞来,我拿起弓来,一箭射去,那鸿雁就带着箭从半空中跌了下来,这是怎样有趣哩!"他想到这里,不禁偷眼望一望天空，于是便下错了一着。

请你们想想，这两个人虽然一同学着棋，他们哪一个学得会，哪一个学不会，比起来哪一个来得好？

冯妇打虎

【故事】

　　晋国有个姓冯名妇的，是一个生性粗暴、蛮不讲理的莽男子。他的气力很大，特别有一种空手打虎的本领。言语之间，倘然得罪他，常常开口就骂，甚至出手打人，所以人们见了，都远远地避着。他见人们都怕他避他，自己也知道太凶横了。他就立志改过，人也不骂了，虎也不打了，居然变为一个很谦和的好人了。

　　这天他坐着车子出门去游历，到了山边，忽然听得一阵喧闹叫嚣的声音，他就立起身来一望：只见许多人簇拥着，有的执着刀，有的挺着长矛，有的举起棍子，向着山凹里呐喊，却不见一个走近去。他再向山凹里一望，只见一只吊睛白额的猛虎，蹲坐在一块岩石上，张着前爪，怒吼着，有时它竟想冲出来，可是给人们一阵鼓噪，只得拖着尾巴回到原地，恨得它两只碗大的眼睛好像要冒出火来了。但是人们也只叫着跳着，没有一个敢前进，两方这样地相持不下。冯妇望着，正在暗暗发笑。

有人认识冯妇的，知道他能空手打虎，就请他去结果那东西。这时冯妇有心不管，但禁不起他们再三劝驾，又恨那猛虎实在刁滑可恶，他不觉卷起袖口，露出铁一般的臂膀，大叫一声，跳下车子，在群众的欢呼声中奔向山凹里去了。

但是这时候，旁边有人正笑着冯妇"为善不终"呢。

韩非子寓言

序 说

这本书的材料，是从《韩非子》里取下来的。

《韩非子》的原著者，名叫韩非，是战国时候韩国的诸公子。他很欢喜研究刑名法律的学问，不过，他有些口吃的毛病，所以不大会说话，只能用笔来叙述他的感想。

他起初在荀况那里求学，几次上书劝谏韩王，韩王不能用他。他便发愤著书，作成《内外储》《说林》《说难》《孤愤》《五蠹》等五十五篇，共二十卷，约十余万字。那是不必说，就是现在的《韩非子》了。

这部书，虽然也像别的子书一样，目的在发表他自己的学说，但是，其中所引证的故事，却很不少。所以，现在就选取最有兴趣的二十余则，将它的大意译成语体文，以供读者们阅读。

我想,原书经过这么一次意译,也许会把它的本意走了味。不过,先读了这本小册子,再读原书,未始不可借此做个引导啊!

郑武公的诡计

【故事】

从前,郑武公①要想去伐胡②,却故意和胡君亲善,而且将自己的女儿,嫁给胡君做妻子。

过了几天,武公又问他的臣子们道:"我打算扩充些地盘,你们看,现在哪一国可以去征伐的?"

当时,便有一个名叫关其思③的,说道:"依我看来,还是伐胡吧!"

武公却勃然大怒地道:"胡,和我们是兄弟之国,怎么可以去征伐它呢?哼,哼,你这样破坏两国的邦交,真可算是罪大恶极了!"说着,立刻便将关其思推出去斩了。

胡君听到了这一回事,以为郑君对于他是多么亲切,因此,便不去防备他了。

郑武公趁此机会,竟发出大兵去伐胡,将他

们的土地完全侵占了。

【注释】

① 郑武公：周朝郑桓公的儿子，名掘突。在位二十七年。
② 胡：古代北方民族的通称。一说，胡城在今河南漯河市郾城区。
⑤ 关其思：郑国的大夫。

儿子和邻人

【故事】

宋国①有一个富人，住宅建筑得非常宏大。

有一次，接连下了好几天大雨，不知怎的，竟将一部分的围墙冲坍了。他的儿子对他说道："这垛围墙，赶紧要去叫泥水匠来修筑一下才是啊！否则，也许有盗贼们要走进来呢！"

过了一会儿，富人遇见了隔壁的一个老邻舍，也对他说："这垛围墙，要是不修筑好，盗贼们是很容易进来呢！"

富人没有听从他们的话。到了这天晚上，果然有许多强盗，从那围墙坍坏的地方走了进来，劫去了许多财物。

富人就很懊丧地说道："我的儿子真聪明，他竟早已考虑到盗贼们要进来抢劫，可惜，我当时没有听从他的话！"

富人想了一会儿，又说道："哦，当时那个老邻人，不是也和我说过，盗贼们要进来的话吗？这样看起来，这些强盗们，也许是他去叫来的同党呢！"

【注释】

① 宋国：周微子的封地，现在河南商丘市。春秋时为十二诸侯之一。到了战国，为齐国所灭。

吃剩的桃子

【故事】

卫君①很宠爱弥子瑕②,无论什么事情,都能够原谅他的。

依照卫国③的国法,私自乘坐国君的车子的,应该处刖④刑。有一次,弥子瑕的母亲患了急病,有人便去报告弥子瑕。这时候,已经是半夜里了,弥子瑕得到了这个消息,匆促间找不到车子,他便私自坐了卫君的车子,赶回家去。

第二天,卫君听到了这件事,非但不去责罚他,而且还赞叹着道:"弥子瑕真是一个孝子啊!他为了母亲的缘故,竟不顾自己犯的刖罪了!"

又过了几天,弥子瑕和卫君同在果园中游玩。弥子瑕随手采了一个桃子来吃着,他觉得这桃子味道很甜,便将自己吃剩的半个,给卫君吃。

卫君又赞叹道:"弥子瑕真是爱我啊!他连吃

一个桃子的时候,都想到我呢!"

后来,卫君不喜欢弥子瑕了,他又说:"弥子瑕曾经私自坐过我的车子,又将他吃剩的桃子给我吃,这真是一个大逆不道的人!"当即就办了弥子瑕的罪。

【注释】

① 卫君:指春秋时卫灵公,是卫献公的孙子,名元。在位四十二年。

② 弥子瑕(xiá):卫灵公的嬖大夫。

③ 卫国:周武王封他的弟弟康叔于卫,约当现在河北南部和河南北部一带。后来为秦二世所灭。

④ 刖(yuè):古时肉刑之一,就是将脚砍断。

和氏之璧

【故事】

楚国①人和氏②,在山中得到了一块璞③,他便拿去献给厉王④。

厉王非常欢喜,便去找了一个玉工来,叫他辨识一下。哪知那个玉工观察了一会儿,却说道:"这是一块很普通的石头,哪里是璞?"

厉王听到了这个答复,当然是立刻愤怒起来了,他说:"和氏真是一个骗子!他竟敢到我这里来说谎,那是非惩戒他一下不可啊!"他便发下一道命令,将和氏处了刖刑,——砍去了他的左足。

后来厉王死了,便由武王⑤即位。和氏又拿了那块璞,去献给武王。

武王也非常欢喜,便去找了一个玉工来,叫他辨识一下。哪知,这个玉工,也照样地说道:"这哪里是璞,这不过是一块普通的石头罢了!"

武王也痛恨和氏的欺骗，立刻将他再处一次刖刑，——砍去了他的右足。

　　过了几时，武王就死了，便由文王⑥即位。和氏再不敢去献那块璞了，他只是抱着那块璞，坐在楚山下哭泣着，一直哭了三天三夜，甚至把眼泪哭完，连血都哭出来了。

　　文王得到了这个消息，便派人去问他道："天下处刖刑的人多极了，你为什么哭得这样悲伤呢？"

　　和氏道："我并不是悲伤我的足被刖，实在是悲伤这块宝玉，被人当做顽石看待；像我这样忠实的人，却被人当做骗子看待啊！"

　　那人回去，就将这番话报告了文王。文王便去找了一个玉工，将那块璞剖开来，果然，里面真是藏着一块很名贵的宝玉。

　　文王便重重地封赏和氏，并且将那块宝玉取名为"和氏之璧⑦。"

【注释】

① 楚国：周成王封熊绎于楚，约当现在湖北的秭归县。

到春秋战国时，奄有现在湖南、湖北、安徽、江苏、浙江、江西、四川和河南的一部分，后来为秦国所灭。

② 和氏：就是卞和，春秋时楚国人。后来，楚文王封他为零阳侯，可是，他终于没有接受。

③ 璞（pú）：玉在石中，还没有剖解出来，叫作璞。

④ 厉王：按《史记·楚世家》并没有厉王的。《后汉书·孔融传》注解，引作武王、文王、成王。那么，本篇的厉王，应该改为武王，武王应该改为文王，文王又应该改为成王（成王是文王的儿子，名熊恽。在位四十六年）。

⑤ 武王：春秋时楚若敖的孙子，蚡冒的弟弟，名熊通。在位五十一年。

⑥ 文王：春秋时楚武王的儿子，名熊赀。在位十三年。

⑦ 璧：玉的通称。

扁鹊的医术

【故事】

扁鹊①有一天去见蔡桓公②,站了一会儿,便对桓公说道:"君上有点疾病吧!"

桓公道:"没有,我身体很好!"

扁鹊道:"依我的观察,君上的病,是在腠理③之间,不去医治它,也许要厉害起来呢!"

桓公摇着头道:"我没有病,用不着医治。"

扁鹊只得告辞了出来。

桓公很不高兴地说道:"医生往往将没有病的人,当作病人看待。胡乱地医治一下,便以为是自己的功劳了。"

这样过去了十天,扁鹊又去见桓公,对他说道:"君上的病,现在已经到了肌肤④里面了,要是再不医治,也许会更加厉害起来呢!"

桓公依旧不去理睬他,扁鹊又只得告辞出

来了。

又过了十天,扁鹊第三次去见桓公,又对他说道:"君上的病,现在已经到了肠胃⑤里面了,要是再不趁早医治,一定会更加厉害起来呢!"

桓公却对扁鹊表示着很不信任的态度,扁鹊只得又告辞了出来。

又过了十天,扁鹊一看到桓公,竟连一句话也不说,便躲了出来。

桓公故意叫人去问扁鹊,这是什么缘故。

扁鹊道:"一个人病在腠理的时候,只要用汤熨⑥,便可以医治好;到了肌肤里面,用针石⑦也可以医治得好的;到了肠胃里面,用火齐⑧也还可以医治;等到到了骨髓里面,那便是没法医治了。现在,君上的病,已经到了骨髓里面,所以,我便没有话可说了。"

过了五天,桓公觉得全身非常疼痛,便叫人去找扁鹊来诊治。不料,扁鹊早已避到秦国⑨去了。桓公的病势一天厉害一天,果然不过几天,便送了命。

【注释】

① 扁鹊：战国时郑人，姓秦，名越人。因为他住家在卢地，所以又名卢医。少年时候，遇着长桑君，得了他的医术，能够知道五脏的症结，替人医治，非常灵验。著有一部医书，名叫《难经》。

② 蔡桓公：蔡国国君。一说是齐桓公之误。

③ 腠（còu）理：皮肤的中间。

④ 肌肤：肌肉。

⑤ 肠胃：肠分大肠小肠，小肠主消化，大肠贮藏小肠中所排出的废物。胃是体内的消化器，上端接食道，下端连小肠。

⑥ 汤熨（yùn）：用汤药去熨贴皮肤，是古时的一种治病法。

⑦ 针石：用石针刺入病者的经穴，也是古时的治病法。

⑧ 火齐：就是火齐汤，也有写作大剂的。专治肠胃病。

⑨ 秦国：嬴姓，是伯益之后。春秋时，辖有现在的陕西省。

一双象牙筷子所引起的忧虑

【故事】

纣王①制造了一双象牙筷子，箕子②看见了，便非常悲痛。他说："用了象牙的筷子，一定不会再去用粗劣的碗盏了，自然要配着玉的杯子才相称。用了牙筷和玉杯，那又不会再去吃菽藿③了，自然要吃旄牛④和象豹的胎才相称。有了旄牛和象豹的胎，绝不会穿了短衫裤，坐在茅屋下面进食的，自然，又要穿起锦绣的衣服，筑起高大的屋宇来才会相称。我只怕他一天比一天奢侈，将来得不到好结果呢！"

果然，过了五年，纣王便荒淫得不成样子了：他每天用了许多鲜肉，去挂在园圃里面的树梢上，取名叫作肉圃。又装置了许多铜格，下面用火烧着，以便要吃肉的人，可以到肉圃里去取了鲜肉来，就在铜格上炮熟了吃，这名称叫作炮格⑤。更用糟堆成了小山丘，可以登在丘上眺望；更拿酒灌注在池里，让大家尽量地舀来喝……这样过不到几时，纣王因此便被人灭亡了。

可见世界上一切大祸患的发生，只要从一件小事上，便可以看得出来了。

【注释】

① 纣王：殷朝最末的君主。名字叫作辛，是帝乙的儿子。在位三十三年，被周武王所灭。

② 箕（jī）子：殷朝的太师。是纣王的叔父，名叫胥馀。他谏纣王不听，被囚。后来周武王封他在朝鲜。

③ 菽藿（shū huò）：菽是一切豆的总名，藿是豆的叶。

④ 旄（máo）牛：兽名，肉的滋味很美。据《山海经》所载，产在潘侯山，四节生毛，形状像牛。

⑤ 炮格：也有写作炮烙的。其实炮烙是纣所作的一种刑具，和炮格的用途不同。

道德比璞玉宝贵

【故事】

宋国有一个鄙人①,得到一块璞玉,他便拿去献给子罕,子罕却不愿收受它。

那个鄙人道:"这块璞玉,是很宝贵的东西,自然应该归尊贵的人保藏起来才是。像我,不过是一个极平凡的人,哪里可以占有它呢?所以,无论如何,一定要请你收受了才行!"

子罕道:"在你看来,这块璞玉虽然十分宝贵,但是,我如果无缘无故地收受了,一定会损坏我的道德。老实告诉你,我对于我的道德,比对于你这块璞玉还要宝贵呢!"

【注释】

① 鄙人:生长在边邑的人。

一片玉的楮叶

【故事】

宋国有一个艺术家，替他的国君用宝玉来雕刻一片楮叶①，整整地工作了三年，才告成功。

那片叶子雕得真是像极了：哪一部分应该肥一点儿，哪一部分应该瘦一点儿，叶缘是怎样的，叶柄是怎样的，叶脉是怎样的……就是将它杂乱在真的楮叶中间，也分辨不出哪一片是真的，哪一片是假的。

这个艺术家，因此便得到宋国国君的赞赏，给了他一份很厚的俸禄②。

列子③听到了这件事，便说道："用了三年的光阴，才雕成功一片叶子，有什么了不得呢？要是在自然界中，也像这样，三年才长成一片叶子，恐怕世界上的各种植物，有叶子的是很少很少了！"

【注释】

① 楮（chǔ）叶：楮是落叶亚乔木，高约丈余。它的叶片很像桑叶，不过比较来得粗糙些。

② 俸禄（fèng lù）：如俸银俸米，是做官的人应得的报酬。

③ 列子：就是列御寇，战国时郑人。他所著的书，就叫作《列子》。可参看《列子寓言》。

眼睛的比喻

【故事】

楚庄王①正要去征伐越国②,庄子③便去问他道:"这次征伐越国,是为什么缘故?"

庄王道:"越国的政治没有秩序,军队的力量又非常薄弱,所以我打算去征服他。"

庄子道:"君上真像是一只眼睛呢!"

庄王道:"这是什么意思?"

庄子道:"眼睛能够看到一百步以外的东西,却不能看到自己的睫④——楚国自被秦、晋⑤打败,丧失了数百里的土地,这不是军队势力的薄弱吗?楚国国境内出了庄蹻⑥这样一个大盗,官吏却无可奈何,这不是政治没有秩序吗?据我看来,楚国的腐败,也不下于越国。君上怎么只能看到远的,却不能看到近的呢?所以,我敢说,君上却正像一只眼睛!"

庄王因此便打消了征伐越国的念头。

【注释】

① 楚庄王：春秋时楚穆王的儿子，名字叫作旅，在位二十三年（有人说，庄王和庄子、庄蹻、并不是同时的，应该作威王）。

② 越国：夏少康之后，封在会稽。春秋时候，灭了吴国，辖有现在江苏、浙江和山东的一部分，后为楚国所灭。

③ 庄子：名周。战国时楚国人。曾经做过蒙地的漆园吏，他的学问很渊博，著有《庄子》一书。可参看《庄子寓言》。

④ 睫：眼睑上下缘所生的细毛。

⑤ 秦、晋：秦，参看扁鹊篇。晋，也是国名，周成王封他的弟弟叔虞，在唐这个地方，叔虞的儿子，迁居到晋，约当现在山西省太原市东北。春秋时，辖有现在山西和河北一带。

⑥ 庄蹻（qiāo）：楚庄王的后裔。一说是庄王的弟弟，楚威王时的大盗。

务光的自杀

【故事】

汤①自讨伐夏桀②成功以后，恐怕天下的人责难他，说他杀死国君，完全是为自己的私利，所以，他便将君位让给务光③。

但是，他又恐怕务光真的会接受了，因此，一面又派人去对务光说道："桀虽然是个暴君，但是，做臣民的怎么可以任意去杀死国君？现在，汤已做了大逆不道的事，却将君位让给你，就是要你去负担这弑君的恶名声啊！"

务光听到了这番话，便投河自尽了。于是，汤才得正式做了国君。

【注释】

① 汤：名履，帝喾的儿子，契的后裔。那时候，因为夏桀无道，汤便起兵革命，建立了商朝。在位三十年。

② 夏桀（jié）：夏朝最末的一个君主。名癸，是发的儿子，荒淫暴虐，终于为汤所灭。在位五十三年。

③ 务光：夏朝人，一作瞀光，或作牟光。据说，汤要将君位让给他，他便自沉于蓼水。过了四百多年，到了武丁时候，却又出现，武丁要请他做宰相，他仍旧避开了。

两条蛇

【故事】

涸泽①里面，住了两条蛇。它们因为生活太枯燥了，便打算迁移一个地方。

它们将要动身的时候，小蛇便对大蛇说道："你在前面走，我要是就在后面跟着走，那么，人们看到了，一定以为是普通的蛇在走路，便要将我们杀死了！"

大蛇道："依你说来，怎样才是呢？"

小蛇道："不如你背着我走。人们看见你这样尊重我，也许会当我是神君②呢！"

大蛇很赞成他的主张，当即背着小蛇，从大路上进行。

人们看到了这两条蛇，果然都说道："神君来了！"一个个都避开了去。

【注释】

① 涸(hé)泽：水干叫作涸，泽是湖泊的总称。涸泽，就是已经干涸的湖泊。
② 神君：就是天神。

老马和蚂蚁

【故事】

管仲①和隰朋②跟着桓公③去征伐孤竹④。自从春天出发以后,直到冬天才回来。

他们走了几天,忽然迷失了道路,大家正在无可奈何的时候,管仲忽然想出一个计策来道:"我们军中,有一匹老马,一向非常聪明。当我们出发的时候,它走过这条路,也许现在还不会忘记呢!"

他们照着管仲的话,立刻便将那匹老马放了,让它在前面走着,大家都跟在它的后面行进。过了一会儿,果然就找到一条大路。

他们走着,走着,渐渐地走到山里了。接连几天,还不能翻过山去,可是,军中所备的淡水,却已经喝得一滴不剩了。因此,大家不觉又焦急起来了。

在这时候,隰朋便说道:"我知道,蚂蚁做窝的地方,离水源一定是很近的;又知道,夏天的蚂蚁,是住在山的阴面的,冬天的蚂蚁,是住在山的阳面的。现在,我们只要先到山的阳面去找着了蚂蚁窝,再在它的附近掘下去,也许便可以得到水呢!"

大家又照着隰朋的话,从蚂蚁窝旁边掘下去,当真又得到了很好的水。

【注释】

① 管仲:春秋时齐国颍上人,名叫夷吾。后来做齐桓公的宰相,桓公尊称他为仲父,齐国因此便富强起来了。著有《管子》八十六篇。

② 隰(xí)朋:春秋时齐国人。以公族为大夫,助管仲相桓公,成霸业,死后谥成子。

③ 桓公:就是齐桓公。名叫小白,五霸的首领。

④ 孤竹:古国名。约当现在河北卢龙东南一带地方。

不死之药

【故事】

有一个人,制成了一种"不死之药",他想得些重赏,所以特地拿去献给荆王①。

当他拿了药,走进王宫的时候,恰巧遇见一个被箭射伤了的卫兵,便问他道:"你拿着些什么东西?"

那个人道:"不死之药!"

卫兵又问道:"这药可以吃吗?"

那个人说道:"可以吃的!"

卫兵听说,不问情由,便将那人手中的药夺了下来,连忙向自己的嘴里一塞,立刻吞到肚子里去了。

荆王知道了这一回事,愤怒得什么似的,便派了几个人去,将那个卫兵捉了来,预备杀死他。

正要用刑的时候,卫兵哀求刽子手暂缓片刻,一面又托了一个朋友去见荆王，代达他的意思。

这个朋友到了荆王那里，就照着卫兵的意思说道："我当初曾问献药的人，不死之药可以吃吗？他说可以吃的，所以我才将它吃了，这个错误，当然要献药的人负担，并不是我的罪过啊！况且，他献的是不死之药，吃了是不会死的。现在，我一边刚吃了药，一边大王就派人将我杀死了，这岂不是变成了'死药'吗？这可见是那人有意来欺骗大王了，大王杀了一个没有罪的人，却因此证明了别人欺骗大王，那又何必多此一举呢！所以，我劝大王，还是赦了我吧！"

荆王一想，这话果然不错，于是便赦了卫兵，不去杀他了。

【注释】

① 荆王：楚国本称荆，到僖公元年，才改称楚。所以，荆王就是楚王。

远水不救近火

【故事】

鲁穆公①因为要和晋国、荆国亲善,便叫他的公子②们,到晋、荆两国去做官。

犁钼得到了这个消息,他便说道:"一个孩子堕在水里了,却要赶到越国去请人来援救,越人虽然善于游泳,那孩子的性命一定保不住了。一家人家失了火,却要赶到海边去取水来浇灌,海里的水虽然很多,那火灾是终于要蔓延开来了。——这叫作远水不救近火。现在,晋和荆虽然都是强国,但是,比较起来,还是齐国来得近。鲁国不和近的齐国去亲善,却和很远的晋、荆二国去亲善,在我看起来,鲁国的祸患,也许终于不能避免了吧!"

【注释】

① 鲁穆公：战国时鲁悼公的孙子，名显，也有写作鲁缪公的。在位三十三年。

② 公子：古时候诸侯的儿子，都称为公子。

你们将要穷苦了

【故事】

鲁国①有一个人,是专门做鞋匠的,因为他手艺很高明,所以他所做的鞋子,样子既好,穿在脚上又很舒适。他的妻子,却善于织缟②,织出来的缟,也是精美绝伦,人人赞叹。

他们在鲁国做买卖,生意非常兴盛,但是,他们更想推广这种营业,因此,便打算搬到越国去住。

过了几天,他们已经把行装整理完全,预备动身了,忽然有一个人,对他们说道:"你们从此便要穷苦了!"

鲁国人问道:"为什么呢?"

那个人道:"鞋子是穿在脚上的,可是,越国人谁都赤着脚;缟是做帽子的,可是,越国人谁都光着头披着发。拿你们精巧的技术,施用到用不着这东西的地方去，还能够赚得到钱吗？——还不至于穷苦吗？"

【注释】

① 鲁国：周武王封他的弟弟周公旦于鲁，约当山东曲阜一带地方。后来被楚国所灭。
② 缟（gǎo）：白色的生绢。

树杨拔杨

【故事】

陈轸①在魏王那里办事，很得魏王的信任，因此，非常显耀。

惠子对他说道："你必须要和魏王左右的人，好好地联络起来才行呀！"

陈轸问道："为什么呢？"

惠子道："你没看见一种杨树②吗？横着种起来，就会活的；倒着种起来，也会活的；折断了种起来，也没有不活的。但是，要是有十个人把杨树种好了，只要一个人将它拔了起来，那杨树便不会活了！至于用了十个人的力量，去种一种容易活的东西，却抵不过拔树的一个人，这是什么缘故呢？——便是种植烦难，拔起来容易啊！现在，你虽然能够使得魏王信任你，像一株杨树那样种妥当了，但是，那些拔树的人，——就是要想排挤你的人，要是一天一天地多起来，你的地位必定很危险呢！"

【注释】

① 陈轸（zhěn）：就是田轸，人名。
② 杨树：落叶乔木，和柳树类似。枝条下垂的，叫作柳；上挺的，叫作杨。

软耳朵的中山君

【故事】

鲁丹①到中山君②那里去游说③了三次，中山君终于没有接受他的意见。

鲁丹没法可想，便花了五十金，去结纳中山君左右的一班人。第二天再去见中山君，他还没有说话，中山君便吩咐预备酒食款待他。

鲁丹辞别出来，并不回到宿舍里，便动身离开了中山。他的车夫很奇怪地问道："中山君今天对你表示非常的好感，为什么却要走了？"

鲁丹道："我在中山君左右那班人里，打点了些金钱，他们一定替我说过话了，所以中山君这样待我。现在，他既然会因为别人的说话善待我，将来，也必定会因为别人的说话诬陷我呢！"

鲁丹的车子还没有离开中山国界，果然，中山君因为听信别人的坏话，派人追上来，将鲁丹捉了去，判了他一个罪名。

【注释】

① 鲁丹：人名。
② 中山君：中山是国名，约当现在河北的定州市。中山君，就是中山国的国君。
③ 游说（shuì）：战国时候，有一种策士，专门靠着自己的口辩，去说动别人的，叫作游说。

杨布打狗

【故事】

杨朱①的弟弟,名字叫作杨布。有一天,他穿了一件白衣服出门去。后来,天下了雨,他便脱了白衣,换了一件黑衣服回来。

他所养着的一只小狗,并不知道这么一回事,看见了穿黑衣的杨布,以为是来了一个生客,便对着他汪汪地一阵狂吠。

杨布立刻勃然大怒,随手找了一根棍子来,预备将它狠狠地打一顿。

杨朱在里面听到了,连忙赶出来止住他道:"不要打它!要是你遇到了这种事,也许和它一样呢!——譬如:你的狗是白的,要是到外边去跑了一趟回来,却变成了一只黑狗,你难道不会诧怪的吗?"

杨布听了这话,便不再打他的狗了。

【注释】

① 杨朱：战国时人，字子居，创"为我"的学说，和墨子的兼爱学说相反。孟子斥为异端。

三个虱子

【故事】

三个虱子①,同时寄生在一只彘②的身上,大家吸着它的血,不知怎样,忽然互相争闹起来了。

别的一个虱子,偶然去拜访它们,知道了这回事,便问它们道:"你们争闹些什么?"

三个虱子同声说道:"我们大家都想占据一块肥饶些的地方,所以便争闹起来了!"

别的一个虱子道:"你们不想到腊月快到了,人家也许要将它烧熟了,去祭祀鬼神呢。到那时,大家还不是同样尝不到这种美味了,现在又争闹些什么呢?"

三个虱子听了这话,大家便不再争闹,共同聚集在一块地方,拼命地吸着它的血。

从此,那只彘一天瘦似一天,人家也就不去

杀它了。

【注释】

① 虱（shī）子：一种虫的名称。身体是长椭圆形的。嘴很长，便于吸食血液。共有六只脚，脚上各有一只爪子，弯曲向内，腹部非常肥大。专门寄生人体，或别种哺乳动物的身上，吸取血液。
② 彘（zhì）：猪的别名。

自己咬死自己

【故事】

有一种虫,名字叫作蛔①,在同一个身体上,却有两只嘴巴。

他在肚子饥饿的时候,两只嘴巴因为要争夺食物,便互相咬起来了。这只嘴巴不肯饶,那只嘴巴也不肯放,结果,直到自己把自己咬死了才罢。

同是一个国家的人民,如果互相争夺权力,忘记了国家,也和这种蛔虫差不多了。

【注释】

① 蛔(huí):一种虫的名称,也叫作蚘虫。

假的谗鼎

【故事】

齐国①去征伐鲁国,逼迫着,一定要鲁国将他们的一只谗鼎②贡献出来。

那只谗鼎是十分宝贵的,鲁国哪里割舍得下,但是,一方面给齐国的威势包围着,似乎又不得不听命照办。他们没法好想,只得叫了工匠来,制造了一只假的谗鼎,送到齐国去。

齐国人观察了一会儿,便说道:"这是假的!"

鲁国人道:"的确是真的,怎么会假呢?"

他们争论了一会儿,齐国人也无法证明一定是假的,便另外想了一个计策道:"你们国里,有一个名叫乐正子春③的,他是一个最有信用的人,如果,能够叫他来说一句这是真的,那么,我们再不说什么了。"

鲁国的使者,将这番话去回复鲁君,鲁君便

去请了乐正子春来，叫他到齐国去做一个证人。

乐正子春问道："那么，为什么不将那只真的谗鼎送去呢？"

鲁君道："因为我很爱这只鼎！"

乐正子春道："可是，我也很爱我的信用啊！"

【注释】

① 齐国：周武王封太公望于齐，就是齐国。战国初，他的臣子田氏篡国，为七雄之一。约当现在的山东北部和河北东南部一带地方，后来被秦国所吞并。

② 谗鼎（chán dǐng）：鼎是三足两耳的一种古器，用金属物铸成。谗是地名。夏禹收九州的金类，在甘谗这个地方铸成九个鼎，就叫作谗鼎，以后便用来做传国的重器。

③ 乐正子春：春秋时鲁国人，是曾子的学生。

海大鱼

【故事】

靖郭君①打算在薛②筑一座城墙。但是,当时有许多人,却都来劝阻他。

靖郭君便吩咐他的门役道:"如果有客人来见我,不要替他通报!"

这样过了几天,又有一个人来说道:"我决不多说话,只要允许我说三个字!——要是多说一个字,请将我烹死就是了!"

门役进去告诉了靖郭君,靖郭君想:"只说三个字,就让他进来说给我听吧!"当即叫门役领他进来。

那人见了靖郭君,果然只说了三个字道:"海大鱼!"说完了,转身就向外面走去。

这时候,靖郭君的好奇心,却被他引起来了;他很想知道这"海大鱼"三个字的意义,因此,便将那个人喊回来,说道:"什么叫作'海大鱼'?你可以给我说一个明白吗?"

那个人道:"我说过,多说一个字,愿意将我烹死。实在,我不敢拿性命来当儿戏啊!"

靖郭君道:"不要紧,现在将你的话取消了吧,赶快说给我听听!"

那个人道:"海大鱼,就是海里的大鱼!你知道吗?海里的大鱼,鱼网是网它不住的。但是,有一天要是失了水,就是小小的蝼蚁们,也会去欺侮它了。现在的齐国,可以说就是你的海,你只要永远能够爱护齐国,使它永远存在,薛也自然永远保留着,否则,要是齐国亡了,就是你将薛的城墙,筑得像天一般高,也是没有益处的呢!"

靖郭君听说,点点头道:"不错,不错!"因此,便将筑城的意思打消了。

【注释】

① 靖(jìng)郭君:就是田婴。战国时齐威王的小儿子,封在薛的地方,号称靖郭君。他共有四十个儿子。
② 薛(xuē):大约现在山东滕州市西南。

梦见一座灶

【故事】

卫灵公宠爱弥子瑕,整个卫国的人,谁都比不上他。

有一个侏儒①,去见灵公,说道:"我做了一个梦,居然应验了!"

灵公道:"你做一个怎样的梦?"

侏儒道:"我曾梦见一座灶,以为一定可以见到国君,现在,果然见到了!"

灵公发起怒来道:"我听人家说,太阳的伟大,可以用来比喻国君的,所以,将要见到国君,预先会梦见一个太阳。现在,你梦见了一座灶,怎么说是见到我的预兆呢?"

侏儒道:"我想,太阳很普遍地照到世界上,它的光线,没有一件东西可以遮蔽它的。一国的国君,管理全国,他的主意,没有一个人可以干涉他的。所以,将要见到国君,便会梦见太阳。至于说到灶,只要有一个人挡住了灶门,那么,后面的人便不能看见灶里的火光了。现在,我梦见了一座灶,或者正有人挡住在我君面前,使我君的光明无从放出来吧!"

【注释】

① 侏儒(zhū rú):也可写作朱儒。身体很矮小的人。

太相信别人的结果

【故事】

叔孙①做鲁国的宰相,地位既高,权柄也很大。他有一个宠爱的人,名字叫作竖牛,常常假借了叔孙名义,无所不为。

叔孙有一个儿子,名字叫作壬。竖牛很嫉妒他,便想设计害死他。有一天,竖牛带了壬,到鲁君那里去玩,鲁君赐了一个玉环给壬,壬一边拜谢收受了,一边便托竖牛去请命于叔孙,要叔孙允许了,然后才敢佩戴。

过了一天,竖牛欺骗壬道:"我已经替你在你父亲面前说过,他已经允许你佩戴那个玉环了!"

壬信以为真,果然将那玉环佩戴起来。

这一天,竖牛又故意去向叔孙说道:"为什么不带壬去见国君呢?"

叔孙道:"小孩子,怎么可以去见国君呢?"

竖牛道:"可是,他已经去见过好几次了,而且,国君赐了一个玉环给他,他也佩戴在身上了!"

叔孙当即去叫了壬来,看见他身上,真的佩戴着一个玉环。因此,叔孙一时怒不可遏,便传令将壬杀死了。

壬有一个哥哥,名字叫作丙。竖牛既害死了壬,便又嫉妒丙,想方设计,也打算将他一齐害死。

有一次,叔孙铸了一口钟给丙,丙不敢擅自去移动他,便托竖牛去请命于叔孙,要等叔孙允准了,才敢打钟。

过了一天,竖牛又欺骗丙道:"我替你在你父亲面前说过,他已经允许你打这钟了!"

丙也信以为真,立刻便打起那个钟来。

叔孙听到了钟声,便说道:"丙没有来问过我,他竟敢擅自打钟吗?"他一时又发起怒来,竟将丙驱逐了。

丙被驱逐后,便逃到齐国去了。过了一年,叔孙派竖牛去接他回来,哪知竖牛并不去接他,却假意地说道："我已经去接过他，可是，他非常地恨你，一定不肯回来了！"

叔孙听说，大怒，便叫人将丙也杀死了。

叔孙的两个儿子，都被杀死了。过了几天，他自己也得了重病。竖牛一个人假意地看护他，不让别人到病室里来，却推托地说："叔孙不喜欢听到人声！"

这样接连几天，连一点儿东西也不给他吃，叔孙因此便饿死了。

竖牛瞧着叔孙断了气，也不替他棺殓，竟搬运了他府库中的宝物，逃到齐国去了。

这是太相信别人的结果。

【注释】

① 叔孙：名叫豹。春秋时候鲁国的大夫。谥穆子，也称穆叔。

画什么最难

【故事】

齐王请一个画师,替他描一幅画。

齐王问他道:"画什么东西最难?"

画师道:"画狗、马最难!"

齐王又问道:"那么,画什么东西最容易呢?"

画师道:"画鬼魅①最容易!"

齐王觉得很诧异;便又问他道:"这是什么缘故?"

画师道:"狗和马,是人所常见的东西,只要画得一点儿不像,就很容易看得出来。至于鬼魅,谁也没有瞧见过,到底相貌是怎样的。所以随便画一些,人家也不知道画得像不像呢!"

【注释】

① 鬼魅(mèi):旧时认为人死了,叫作鬼;常常要作祟的鬼,叫作魅。

这孩子也许要死了

【故事】

吴起①做魏国②的大将,有一次,带兵去攻打中山。

在他的营里,有一个受伤的兵士,伤口溃烂得非常厉害。吴起便跪在地上,替他吮吸脓水。那兵士的母亲,站在旁边,瞧到这种情形,便很悲伤地哭起来了。

有人问她道:"将军待你的儿子这样关切,你为什么还要哭呢?"

兵士的母亲道:"我儿子的父亲,从前也是打仗受了伤,吴起也替他吮吸过伤口,但是,过不了几天,终于死了。现在,吴起又在吮吸我儿子的创口,这孩子,也许和他父亲一样的命运呢,所以,我忍不住哭起来了。"

【注释】

① 吴起：战国时卫人。善用兵。起初在鲁国做官，听说魏文侯很贤能，便投奔到魏国去，文侯用他做大将。后来魏相公叔很妒忌他，他又投奔到楚国去，做楚悼王的宰相，悼王死后，贵戚大臣都攻击他，他便伏在悼王的尸身上死了。

② 魏国：战国初年，晋大夫魏斯，和韩、赵二家共分晋地，国号魏。约当现在河南北部、山西西南部一带地方。后来为秦所灭。

自相矛盾

【故事】

楚国有一个人，是专门制造兵器的。有一天，他带了许多矛①和盾②，到市上来卖。

可是，过路的人，谁也不需要这种东西，谁也不去理会他。

他有些发起急来了，便随手拿起一支矛来喊道："我的矛是很锐利的，无论什么东西都戳得穿，诸位不信，可以买一支回去试试看！"

过了一会儿，又拿起一个盾来喊道："我的盾是很坚固的，无论什么东西都戳它不穿，诸位不信，可以买一个回去试试看！"

他正说得十分得意的时候，忽然有一个人走过来，向他问道："朋友，你的矛既这样锐利，你的盾又那样坚固，要是拿你的矛去戳你的盾，结果会怎样呢？"

那个楚国人被他问得目瞪口呆，竟连一个字也回答不出来。

【注释】

① 矛：是一种兵器。柄很长，头上装着利刃，有酋矛、夷矛、叴矛等名称。
② 盾：也是一种兵器。俗称藤牌。